Mark Twain
Adams Tagebuch

epilog 5.007

Mark Twain *(1835–1910) ist das Pseudonym von Samuel Langhorne Clemens. Der US-Amerikanische Autor wurde vor allem durch die Abenteuer von Tom Sawyer und Huckleberry Finn bekannt. Seine humoristischen, von Lokalkolorit und genauen Beobachtungen sozialen Verhaltens geprägten Erzählungen, sowie seine scharfzüngige Kritik an der amerikanischen Gesellschaft machten ihn zu einen der beliebtesten Schriftsteller weltweit.*

Ronald Hoppe *(*1964) war Art-Director der IHK-Zeitschrift ›Berliner Wirtschaft‹ und Herstellungsleiter beim Shayol-Verlag. Als Layouter ist er u. a. für Klett-Cotta, Piper und Random House tätig.*

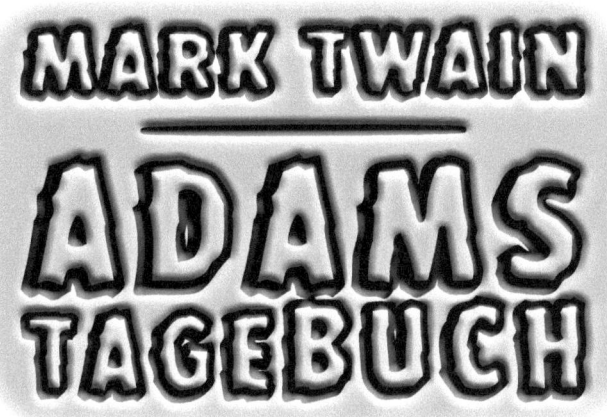

Illustriert von F. Strothmann

Schriftreihe Epilog • Band 5.007
Herausgegeben von Ronald Hoppe

epilog.de

Bibliografische Information der Deutschen Nationalbibliothek:
Die Deutsche Nationalbibliothek verzeichnet diese Publikation
in der Deutschen Nationalbibliografie; detaillierte bibliografische
Daten sind im Internet über http://dnb.dnb.de abrufbar.

Erweiterte Neuausgabe von Epilog-Heft 2.017

© copyright 2016 by epilog.de • Alle Rechte vorbehalten

Ausgewählt und gestaltet von Ronald Hoppe
Deutsche Erstveröffentlichung 1901
Umschlagmotiv von F. Strothmann
Redaktion: Bernhard Rühl
Herstellung und Verlag: BOD – Books on Demand, Norderstedt

ISBN: 978-3-7392-4195-1

VORBEMERKUNG

Ich habe einen Teil dieses Tagebuches bereits vor mehreren Jahren übersetzt, und ein Freund von mir hat ein paar Exemplare meiner Arbeit in unvollständigem Zustand gedruckt; doch ist nichts davon ins Publikum gedrungen. Seitdem habe ich noch etwas mehr von Adams Hieroglyphen entziffert, und ich glaube, dass er nachgerade als öffentlicher Charakter eine genügende Bedeutung besitzt, um die Herausgabe dieser Übersetzung zu rechtfertigen.

Mark Twain

Auszüge aus Adams Tagebuch
Übersetzt von M. T.

— MONTAG —

Dieses neue Geschöpf mit dem langen Haar fängt an, mir sehr im Wege zu sein. Es ist immer hinter mir her und lungert beständig um mich herum. Ich mag das nicht; ich bin nicht an Gesellschaft gewöhnt. Ich wünschte, es bliebe bei den übrigen Tieren... Es ist heute umwölkt; denke, wir werden Regen haben. Wir? Wer ist wir? Woher habe ich das Wort? Ich erinnere mich jetzt – das neue Geschöpf braucht es immer.

— *DIENSTAG* —

Habe den großen Wasserfall untersucht. Er ist das Beste auf dem ganzen Grundstück, sollt' ich meinen. Das neue Geschöpf nennt ihn den ›Niagara-Fall‹ – habe auch nicht die blasseste Ahnung, weswegen. Wenn es sagt, das Ding sehe aus wie ›Niagara‹, so hat das keinen Sinn. Es ist nur so ein Einfall, nur leeres Geschwätz. Ich selber komme gar nicht mehr dazu, irgendetwas zu benennen. Das neue Geschöpf tauft alles, was uns gerade in die Quere kommt, ehe ich auch nur den geringsten Einwand dagegen erheben kann. Und das immer unter einem und demselben Vorwand, dass es so ›aussehe‹. Beim Dodo zum Beispiel, kaum hat es ihn erblickt, sagt es schon: ›er sieht aus wie ein Dodo‹. So wird es wohl beim Namen bleiben. Ich bin es leid, mich darüber zu ärgern, es bringt einfach nichts. Dodo! Das Tier ähnelt einem Dodo nicht mehr als ich.

— *MITTWOCH* —

Habe mir einen Unterschlupf gegen den Regen gebaut. Aber ich konnte ihn nicht friedlich für mich behalten. Das neue Geschöpf war gleichfalls sofort drinnen. Als ich es hinauszudrängen versuchte, vergoss es Wasser aus den beiden Löchern, mit welchen es sieht, wischte es mit dem Rücken seiner Pfoten fort und gab dabei Töne von sich, wie verschiedene andere Tiere, sobald ihnen etwas weh tut oder sie sich fürchten. Wenn es nur nicht sprechen würde! Es schwatzt beständig. Das klingt fast wie Hohn und Spott, als wollte ich mich über das arme Geschöpf lustig machen. Aber diese Absicht liegt mir fern.

— *MITTWOCH* —

Ich habe die menschliche Stimme nie zuvor gehört, und jeder neue und fremde Laut, welcher das feierliche Schweigen in dieser träumerischen Einsamkeit unterbricht, beleidigt mein Ohr wie eine falsche Note. Und obendrein ist dieser neue Laut immer so nahe bei mir, er ist dicht an meiner Schulter, dicht an meinem Ohr, erst auf dieser, dann auf der anderen Seite; und ich war nur gewöhnt Laute zu hören, die mehr oder weniger entfernt von mir sind.

— *FREITAG* —

Das Benennen geht unaufhaltsam weiter, ich mag dagegen tun was ich will. Ich hatte für das große Grundstück hier einen sehr guten Namen erfunden, der hübsch war und musikalisch zugleich – Garten von Eden. Ich gebrauche den Namen jetzt noch, aber nicht öffentlich, nur verstohlen. Das neue Geschöpf sagt, man sehe in der ganzen Landschaft nur Wald, Felsen und Wasser; sie erinnere nicht im Mindesten an einen Garten, sondern sehe aus wie ein Park und wie nichts anderes. So hat es ihm denn, ohne mich weiter zu fragen, den Namen Niagara-Park gegeben. Das ist eigenmächtig genug, sollte ich meinen. Und schon kann man auf dem Gras eine Tafel mit der bekannten Warnung sehen:

Es ist verboten, den Rasen zu betreten!

Mein Leben ist nicht mehr so glücklich wie früher.

— *SONNABEND* —

Das neue Geschöpf isst zu viel Früchte. Wir werden wahrscheinlich bald Mangel daran haben. Schon wieder ›Wir‹ – das ist sein Wort, und meins jetzt auch bereits vom ewigen Hören… Ziemlich neblig heute früh. Ich selbst gehe nicht in den Nebel hinaus. Aber das neue Geschöpf tut es. Es geht in allen Wettern aus und kommt dann mit schmutzigen Füßen wieder hereingestampft. Dabei spricht es fortwährend, und früher war es hier so angenehm und ruhig.

— *SONNTAG* —

Habe ihn glücklich hinter mir. Dieser Tag wird immer ermüdender. Der Sonntag wurde im letzten November zum Ruhetag gewählt und abgesondert. Früher hatte ich in jeder Woche schon sechs solche Tage. Und heute? Heute morgen fand ich das neue Geschöpf, wie es mit Erdklumpen nach dem verbotenen Baum warf, um die Äpfel herunter zu holen.

— *MONTAG* —

Das neue Geschöpf sagt, sein Name sei Eva. Das ist ganz recht, und ich will nichts dagegen einwenden. Es sagt, der Name sei dazu da, dass ich es rufen könne, wenn ich es bei mir zu haben wünsche. Darauf erwiderte ich, dass der Name dann überflüssig sei. Dies Wort hob mich augenscheinlich in der Achtung des neuen Geschöpfs. Und wirklich, das Wort ›überflüssig‹ ist sehr gut und von allgemeiner Bedeutung; es verdient, bei jeder Gelegenheit wiederholt zu werden. Danach sagte mir das Geschöpf, dass es gar kein ›Es‹, sondern eine ›Sie‹ sei. Das ist zum mindesten zweifelhaft, aber mir ist's einerlei; sie mag sein, was sie will, wenn sie nur ihrer Wege gehen und nicht beständig reden wollte!

— *DIENSTAG* —

Sie hat das gesamte Anwesen mit abscheulichen Namen und aufdringlichen Schildern übersät:

- ☞ Dieser Weg führt zum Strudel
- ☞ Hier entlang zur Ziegeninsel
- ☞ Hier geht es zur Höhle der Winde

Sie sagt, dieser Park würde eine äußerst erquickende und reinliche Sommerfrische abgeben, falls sich Gäste dafür finden ließen. Sommerfrische – was heißt das? Offenbar wieder so 'ne neue Erfindung ihres rastlosen Hirns und ihres noch ruheloseren Mundes – Worte ohne jeden Sinn. Was ist eine Sommerfrische? Aber besser, ich frage sie gar nicht erst danach – sie hat ohnehin eine wahre Sucht, alles zu erklären.

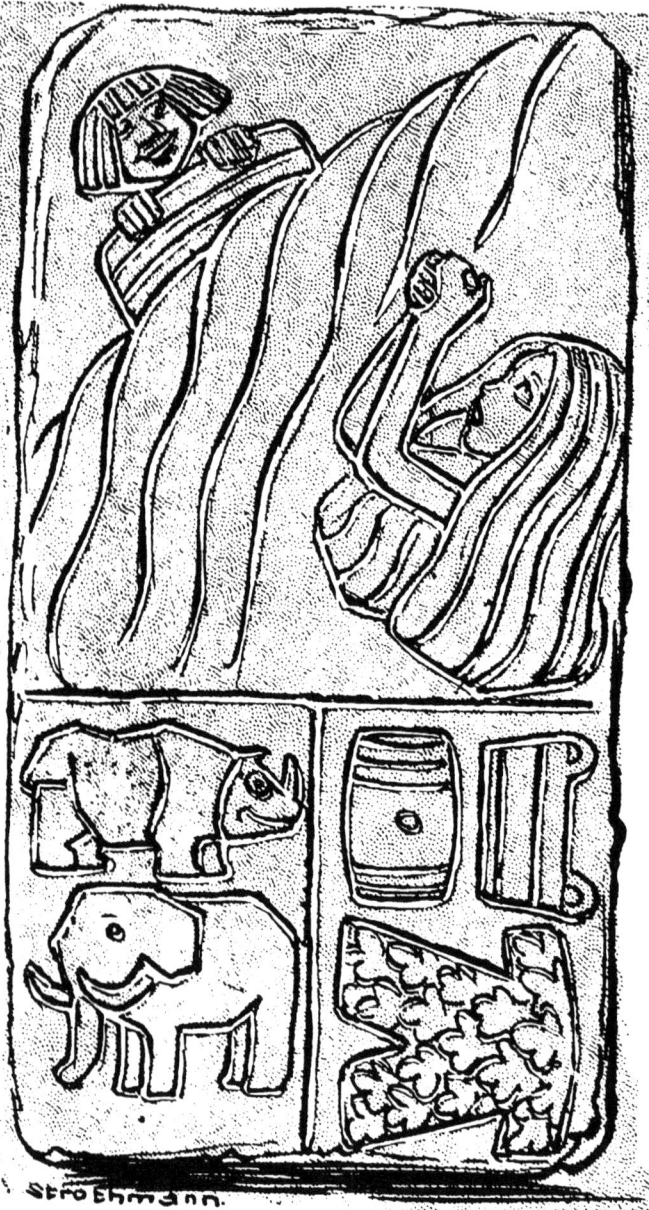

– FREITAG –

Sie hat es für gut befunden, mich zu bitten, nicht mehr über den Wasserfall zu gehen, wie ich es mir angewöhnt hatte. Wem geschieht denn damit etwas zuleide? Sie sagt, es mache sie schaudern. Ich möchte nur wissen warum? Ich habe es immer getan, seit ich hier bin. Das Hineinspringen, das Untertauchen und die Aufregung dabei macht mir den größten Spaß. Und dann die Kühle, wenn es sonst heiß ist! Ich habe auch immer gedacht, dass der Fall gerade deswegen da wäre. Wenigstens hat er – soweit ich sehen kann – sonst keinen Zweck, und irgend einen Zweck muss er doch haben. Und jetzt kommt sie und sagt, die ganze Geschichte wäre nur wegen der malerischen Szenerie da – wie das Rhinozeros und das Mastodon.

Bin darauf in einem Fass über den Fall hinuntergesegelt – auch das war nicht nach ihrem Geschmack. Dann in einer Waschbutte – sie war noch immer nicht zufrieden. Ich schwamm durch den Strudel unterhalb des Falls und durch die Stromschnellen oberhalb des Falls in einem nagelneuen Schwimmanzug von Feigenblättern, der dabei fast in Fetzen ging. Da bekam ich endlose Vorwürfe wegen meiner Verschwendungssucht. Ich fühle mich hier von allen Seiten eingeengt. Ein Ortswechsel wird mir gut tun.

— *SONNABEND* —

Am Abend des letzten Dienstag bin ich durchgebrannt und habe mir dann, nachdem ich zwei Tage drauflos gewandert war, einen neuen Unterschlupf gebaut, an einer ganz abgelegenen Stelle. Aber wie sehr ich auch bemüht gewesen war, meine Spuren zu verwischen und zu verbergen – sie hat mich doch aufgespürt, mit Hilfe eines Tieres, das sie gezähmt hat und ›Wolf‹ nennt; sie stürzte plötzlich zu mir herein, machte wieder das klägliche Geräusch, das ich nicht hören mag, und ließ das Wasser aus den beiden Löchern, mit denen sie sieht, hervor schießen. Es blieb mir nichts anderes übrig, als mit ihr zurückzugehen …

– SONNABEND –

...aber ich werde sofort wieder ausreißen, wenn sich die Gelegenheit bietet. Sie gibt sich mit allerlei ganz überflüssigen Dingen ab. Unter anderem versucht sie herauszubekommen, warum die Tiere, welche Löwen und Tiger heißen, auf diesem großen Grundstück von Gras und Blumen leben, während sie doch nach ihrer Meinung eine Art Zähne haben, die deutlich beweist, dass sie bestimmt sind einander aufzufressen. Das ist einfach Narrheit, schließlich müssten sie sich dann ja gegenseitig töten, und Tod – wie mir gesagt wurde – ist im Park nicht vorgesehen. In manchen Momenten ist das schade.

– *SONNTAG* –

Habe ihn glücklich hinter mir.

— *MONTAG* —

Ich glaube, jetzt dahinter gekommen zu sein, wozu die Woche da ist: Sie soll einem Zeit geben, um sich von der Ermüdung des Sonntags zu erholen. Das ist gar keine schlechte Idee... Ich habe Eva schon wieder an dem verbotenen Baum erwischt. Sie war hinaufgeklettert und ich warf mit Erdklumpen nach ihr, bis sie herunter kam und sagte, es hätte ja niemand gesehen. Ich glaube, sie hält das für eine genügende Rechtfertigung, um die gefährlichsten Dinge zu tun. Sagte ihr es auch ins Gesicht. Das Wort Rechtfertigung erregte ihre Bewunderung und zugleich, wie mir schien, ihren Neid, der immer sehr leicht erregt ist. Es ist aber auch ein sehr gutes Wort.

— *DIENSTAG* —

Das Neueste, was sie mir gesagt hat, ist, dass sie aus einer von meinem Körper genommenen Rippe gemacht sei. Das scheint mir eine gewagte Behauptung. Mir hat doch nie eine Rippe gefehlt! Besonderes Kopfzerbrechen macht ihr seit einiger Zeit der junge Habicht, mit dem sie sich so viel abgibt. Sie sagt, er könne kein Gras vertragen und fürchte daher, ihn nicht aufziehen zu können, weil er, wie sie sich einbildet, verwestes Fleisch zur Nahrung haben müsse. Ein Habicht sollte sich, meiner Meinung nach, mit dem begnügen was vorhanden ist. Man kann doch nicht bloß dem Habicht zuliebe die ganze Ordnung der Dinge umkehren.

– SONNABEND –

Gestern fiel sie in den Teich, als sie sich zu weit vor bog, um sich im Wasser zu betrachten. Sie tut das immer, sobald sie an einen Teich kommt, nur ist sie bis jetzt noch nicht hineingefallen. Sie hat so viel Wasser geschluckt, dass sie beinahe erstickte. Das sei ein höchst unbehagliches Gefühl, erklärte sie, als sie wieder draußen war. Es machte sie auch traurig wegen der Geschöpfe, die im Wasser leben müssen und die sie Fische nennt. Sie hat nämlich noch immer nicht aufgehört, allen möglichen Dingen ganz unnütze Namen anzuhängen. Sie kommen gar nicht, wenn sie den Namen ruft, aber das verschlägt ihr nicht das Geringste; sie ist nun einmal eine solche Torin! Die Folge war, dass sie gestern Abend eine ganze Menge Fische einfing, hereinbrachte und, damit sie warm werden möchten, in mein Bett tat. Aber ich habe sie seitdem beobachtet und die Wahrnehmung gemacht, dass sie durchaus nicht glücklicher schienen als vordem. Nur viel stiller sind sie den ganzen Tag gewesen…

— *SONNABEND* —

… und wenn es wieder Nacht wird, werde ich sie einfach vor die Tür werfen und nicht wieder mit ihnen schlafen, denn sie sind unangenehm schleimig und nasskalt, und das Liegen zwischen ihnen ist, vor allem wenn man nichts anhat, höchst unbehaglich.

— *SONNTAG* —

Habe ihn glücklich hinter mir.

— *DIENSTAG* —

Jetzt hat sie sich mit einer Schlange eingelassen. Die anderen Tiere sind froh, weil sie beständig an ihnen herumhantierte und sie nicht in Ruhe ließ – auch ich freue mich darüber, weil die Schlange gleichfalls spricht und ich mich etwas erholen kann.

— *FREITAG* —

Sie sagt mir, die Schlange habe ihr geraten, die Frucht von dem Baum zu kosten, und ihr versprochen, dass das Ergebnis eine große, schöne und edle Fortentwicklung sein werde. Ich sagte ihr, es würde noch etwas anderes daraus entstehen – der Tod würde in die Welt kommen. Aber das war ein großer Missgriff von mir, und es wäre ungleich besser gewesen, die Bemerkung für mich zu behalten. Es brachte sie nur auf den Gedanken, dass sie dann den kranken Habicht gesund machen und den trübselig einher schleichenden Löwen und Tigern frisches Fleisch zur Nahrung verschaffen könnte. Ich riet ihr noch einmal aufs Dringendste, von dem Baum fortzubleiben. Sie sagte, sie wollte es nicht. Ich sehe allerlei Unannehmlichkeiten voraus und denke wieder ans Auswandern.

— MITTWOCH —

Ich habe eine bunte Zeit hinter mir. An jedem Abend bin ich ausgerissen und die ganze Nacht hindurch geritten so schnell mein Pferd nur laufen konnte, in der Hoffnung, aus dem Park herauszukommen und ein anderes Land zu erreichen, bevor die ganze Not hereinbrach. Aber das sollte mir nicht gelingen. Eine Stunde nach Sonnenaufgang hatte ich die Grenze noch immer nicht erreicht. Dafür befand ich mich auf einer grasigen, mit Blumen bedeckten Ebene, auf der Tausende von Tieren versammelt waren, teils schlafend, teils weidend, teils miteinander spielend, wie das bei den Tieren Brauch war. Aber plötzlich stießen sie allesamt ein entsetzliches Gebrüll und Geheule aus, und schon im nächsten Augenblick lief auf der ganzen Ebene alles wirr durcheinander. Wie rasend fielen die Tiere übereinander her und zerfleischten sich gegenseitig. Ich hätte so etwas nie für möglich gehalten, doch wusste ich sofort, was es zu bedeuten hatte – Eva hatte von der verbotenen Frucht gegessen, und im selben Augenblick war auch der Tod in die Welt gekommen! Die Tiger stürzten sich auf mein Pferd...

— MITTWOCH —

…und zerrissen es, ohne sich weder um meine Bitten noch um meine Befehle zu scheren. Ja, sie würden mich selber gefressen haben, hätte ich mich nicht schnell aus dem Staub gemacht. Jenseits der Grenze des Parks fand ich diesen Platz, und hier habe ich mich seitdem auch ein paar Tage äußerst behaglich befunden, bis – sie mich auch hier entdeckt hatte und plötzlich vor mir stand. Das Merkwürdigste dabei war, dass mir das eigentlich gar nicht so unangenehm schien, wie ich es mir vorher vielleicht vorgestellt hatte. Auch sie fand den Platz gar nicht übel und hatte natürlich wieder sofort einen Namen für ihn – weil er gerade so aussah. Schließlich war ich sogar ganz froh, dass sie mich gefunden hatte, da es hier herum weder Früchte noch Beeren gab wie drüben im Park, und sie ein paar von den Äpfeln des verbotenen Baumes mitgebracht hatte. Ich war so hungrig, dass ich mich genötigt sah, sie zu verspeisen. Eigentlich ging es gegen meine Grundsätze – aber ich habe damals entdeckt, dass der Mensch seinen Grundsätzen nur treu zu bleiben pflegt, wenn er genug zu essen hat.

— MITTWOCH —

Auch etwas Neues habe ich an ihr entdeckt. Sie kam in einer Art Umhüllung von Zweigen und Laubgewinden, und als ich sie fragte, was dieser neue Unsinn bedeuten solle, ihr das ganze grüne Zeug herunter riss und es auf die Erde warf – da zitterte sie an allen Gliedern und wurde rot im Gesicht. Ich hatte noch nie jemanden zittern und rot werden sehen, es schien mir nicht nur unschön, sondern geradezu blödsinnig. Sie sagte aber auf meine Frage nur, ich würde das bald an mir selbst erfahren. Und darin hatte sie recht. Denn trotz meines Hungers legte ich den Apfel halb angebissen beiseite – es war obendrein der feinste, den ich je gekostet habe, noch dazu bei so fortgeschrittener Jahreszeit – und fing an, mich selber mit dem Grünzeug zu behängen, das ich ihr eben vom Leibe gerissen hatte. Dann sah ich sie an, wie sie so dastand und befahl ihr mit Entrüstung, noch mehr Zweige und Blätter zu holen, weil es sonst ein wahrer Skandal sei. Sie gehorchte mir mit Eifer und dann schlichen wir beide zu dem Platz zurück, wo die wilden Tiere vorhin die Vernichtungsschlacht gekämpft hatten und sammelten einige von den Fellen. Ich befahl ihr, daraus für uns ein paar Anzüge zusammenzunähen, in denen wir uns öffentlich zeigen könnten. Sie sind hart und unbequem, aber jedenfalls nach der neuesten Mode, und das ist ja schließlich bei Kleidern die Hauptsache.

— *MITTWOCH* —

Ich finde neuerdings auch, dass sie eine ganz gute Gesellschafterin ist. Ohne sie würde ich jetzt recht einsam und traurig sein, nachdem ich meinen Grundbesitz verloren habe. Überdies hat sie mir eben gesagt, dass wir nach der neuen Ordnung der Dinge fortan für unseren Lebensunterhalt arbeiten müssen. Da kann sie sich nützlich machen. Sie wird arbeiten und ich werde die Aufsicht führen.

ZEHN TAGE SPÄTER

Sie wirft mir vor, ich sei die Ursache unseres Unglücks! Sie sagt mit offensichtlicher Aufrichtigkeit und Überzeugung, die Schlange hätte ihr versicherte, dass die verbotenen Früchte nicht Äpfel, sondern Kastanien waren. Ich sagte, dann wäre ich ja unschuldig, schließlich hatte ich keine Kastanien gegessen. Da meinte sie, die Schlange hätte ihr erklärt, dass ›Kastanie‹ ein bildlicher Begriff für alte und abgestandene Witze sei. Ich erbleichte, denn ich hatte früher viele Witze gemacht um die Langeweile zu vertreiben und einige von ihnen könnten schon abgestanden gewesen sein, obwohl ich ehrlich dachte, sie wären neu, als ich sie gemacht habe. Sie fragte mich, ob ich einen gerade in der Zeit der Katastrophe gemacht hatte. Ich musste zugeben, dass ich einen für mich gemacht habe, wenn auch nicht laut…

ZEHN TAGE SPÄTER

... es war dieser: Ich dachte an die Wasserfälle und sagte mir: ›Wie wunderbar ist es zu sehen, wie die Wassermassen nach unten stürzen!‹ Einen Augenblick später kam ein mir Gedankenblitz und ich sagte: ›Es wäre noch viel wunderbarer, das Wasser nach oben fallen zu sehen!‹ Und ich war gerade dabei zu lachen, als in der ganzen Natur Krieg und Tod ausbrachen, und ich um mein Leben zu rennen musste. ›Diesen Witz hat die Schlange die erste Kastanie genannt‹, sagte sie triumphierend, ›und er hätte die gleiche Bedeutung wie die Schöpfung.‹ Ich bin in der Tat schuld. Wäre ich nur nicht so witzig gewesen und hätte nicht diesen tollen Gedanken gehabt!

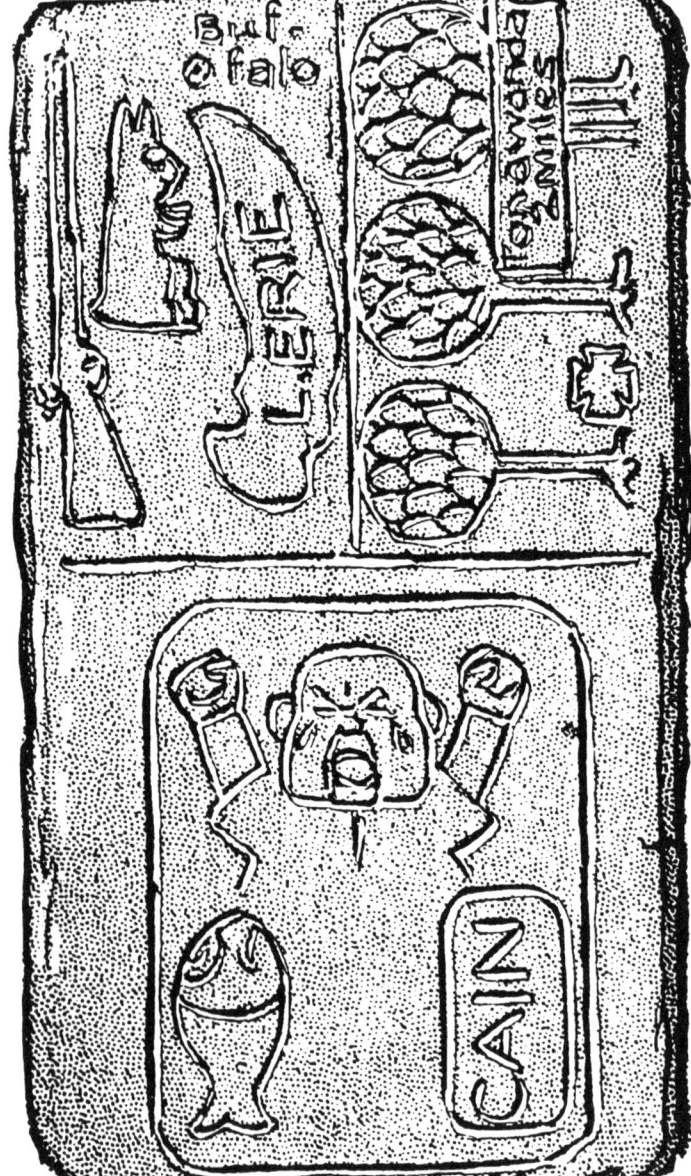

— NÄCHSTES JAHR —

Wir haben es Kain getauft. Sie hat es eingefangen, während ich weiter draußen im Land war, um zu jagen und Fallen zu stellen. Sie fing es, wie sie mir bei meiner Rückkehr erzählte, im Tannengehölz, ein paar Meilen südlich von der Erdwohnung, die wir uns angelegt haben. Es sieht uns gewissermaßen ähnlich und ist vielleicht irgendwie mit uns verwandt. Wenigstens glaubt dies Eva, aber meiner Meinung nach ist dies ein Irrtum. Der gewaltige Unterschied allein in der Größe rechtfertigt schon die Annahme, dass es nur eine andere, noch neue Art Tier ist – vielleicht ein Fisch. Als ich es aber ins Wasser warf, um mir Gewissheit zu verschaffen, sank es sofort unter, worauf sie ihm nach sprang und es heraus zog, ohne mir die nötige Zeit zu lassen, die Sache durch meinen Versuch zu entscheiden. Ich bin aber noch immer der Überzeugung, dass es ein Fisch ist, während es ihr so gleichgültig zu sein scheint, was es ist, dass sie es mir um keinen Preis zu einem neuen Versuch überlassen will. Das verstehe ich nicht.

– NÄCHSTES JAHR –

Mir ist an ihr neuerdings überhaupt mancherlei unverständlich. Seit sie das Geschöpf im Haus hat, scheint ihre Natur verändert. Auf Versuche lässt sie sich schlechterdings nicht mehr ein. Sie hat auch noch nie auf ein Tier so große Stücke gehalten, wie auf dieses, doch weiß sie mir keinen Grund dafür anzugeben. Ich glaube wirklich, sie hat ihre fünf Sinne nicht mehr beisammen. Bisweilen trägt sie den Fisch halbe Nächte lang in ihren Armen umher, wenn er jammert und winselt, weil er ins Wasser will, und wenn ich ihn dann zum nächsten Teich tragen und hinein werfen möchte, so wehrt sie sich so sehr dagegen, wie nur je, als sie noch bei Verstand war. Bei solchen Gelegenheiten kommt ihr dann wieder das Wasser aus den Gucklöchern in ihrem Gesicht; sie drückt den Fisch an ihre Brust, klopft ihm leise auf den Rücken, macht mit ihrem Mund allerlei Töne, die ihn beruhigen sollen, und ist ganz närrisch vor Sorge und Angst um das Geschöpf. Ich habe sie früher dergleichen nie mit einem anderen Fisch oder sonst irgend einem Tier tun sehen, und ich mache mir viel Kopfzerbrechens darüber.

— NÄCHSTES JAHR —

Ehe wir von unserem Grundstück vertrieben wurden, hat sie wohl auch von Zeit zu Zeit junge Tiger herumgetragen und ihr Spiel mit ihnen getrieben, aber doch nicht immerfort, und niemals bei Nacht. Auch hat sie sich's nie so zu Herzen genommen, wenn ihnen das Frühstück nicht gut bekam.

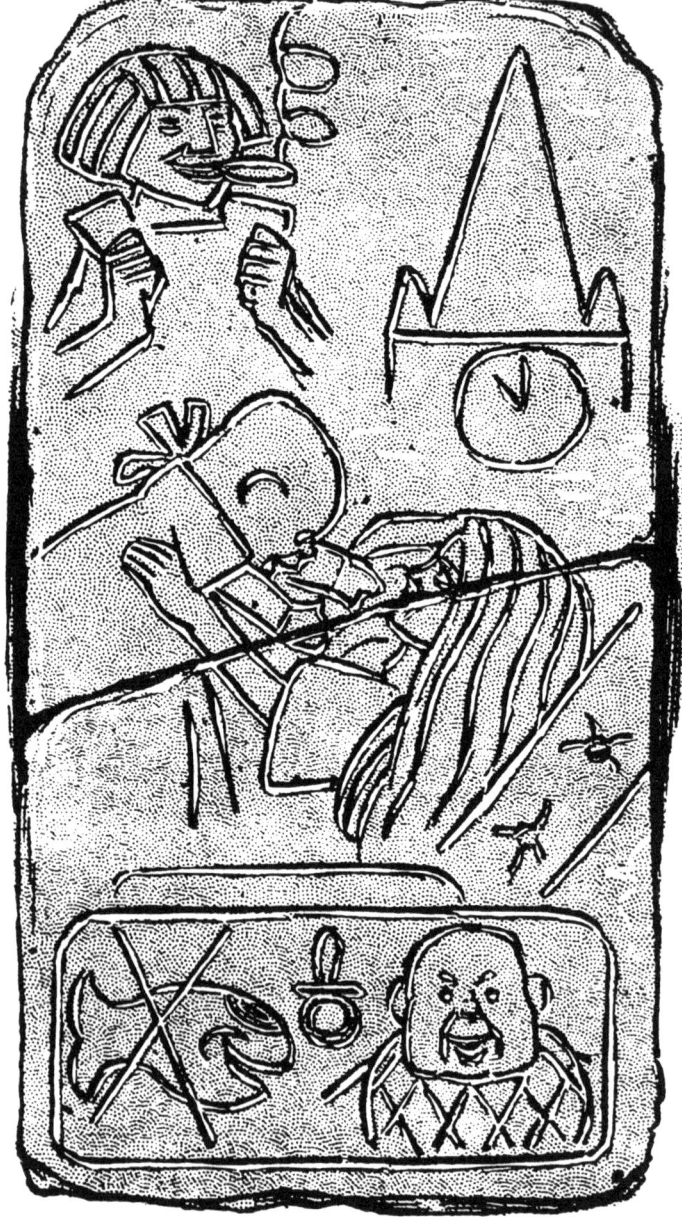

— *SONNTAG* —

Am Sonntag scheint sie sich's zur Regel zu machen, nicht zu arbeiten, sondern ganz erschöpft von der Wochenarbeit dazuliegen und den Fisch auf sich herumkriechen zu lassen. Dabei bringt sie allerlei Töne mit dem Mund hervor und behauptet, das belustige ihn; sie steckt sich auch seine kleinen Pfoten oder Vorderflossen in den Mund und er fängt an zu lachen. Mein Lebtag habe ich noch keinen Fisch lachen sehen, und dabei kommen mir allerlei Zweifel... Der Sonntag gefällt mir jetzt selber ganz gut. Es ermüdet ja Körper und Geist zugleich, wenn man die Woche über fortwährend die Arbeit anderer beaufsichtigen muss. Da sollte es noch mehr Sonntage geben. Zu den früheren Zeiten, auf dem großen Grundstück, waren die Sonntage kaum zum Aushalten, aber jetzt fangen sie an, mir ganz gelegen zu kommen.

– MITTWOCH –

Es ist kein Fisch. Das weiß ich jetzt – aber darum kann ich noch lange nicht begreifen, was es eigentlich ist. Wenn es was haben will und bekommt es nicht gleich, macht es den tollsten und abscheulichsten Lärm. Wenn es aber hat, was es will, oder sonst zufrieden ist, sagt es ›Gugu‹ oder etwas der Art. Es ist kein Mensch, denn es kann nicht gehen; es ist kein Vogel, sonst könnte es fliegen; es ist kein Frosch, denn es hüpft nicht; und auch keine Schlange, weil es nicht kriechen kann. Dass es kein Fisch ist, weiß ich ebenfalls ganz bestimmt, ob gleich ich nicht dazu kommen kann, es schwimmen zu lassen. Wenn Eva es nicht auf den Armen hat, liegt es meist auf dem Boden auf dem Rücken und streckt die Füße in die Luft. Das habe ich noch bei keinem Tier gesehen. Ich glaube, es muss ein Riesenkäfer sein. Wenn es stirbt, werde ich es auseinander nehmen, um seine innere Einrichtung zu untersuchen. Ich muss der Sache doch auf den Grund kommen.

— *DREI MONATE SPÄTER* —

Die Geschichte wird immer rätselhafter. Ich kann kaum noch schlafen, weil sie mir so im Kopf herum geht. Das Geschöpf liegt nicht mehr am Boden, sondern kriecht nun auf seinen vier Füßen herum. Aber es unterscheidet sich wesentlich von den übrigen Vierfüßlern, denn seine Vorderbeine sind ungewöhnlich kurz. So ragt denn der Hauptteil seiner Person ganz unverhältnismäßig in die Höhe, was durchaus nichts Anziehendes hat. Im Übrigen ist es ganz so gebaut wie wir, doch beweist schon die Art seiner Fortbewegung, dass es nicht zu unserer Gattung gehört. Die Kürze der Vorder- und die Länge der Hinterbeine deutet darauf hin, dass es aus der Känguru-Familie stammt. Doch unterscheidet es sich auch hier wieder von dem wirklichen Känguru, denn es kann nicht hüpfen wie dieses. Es muss eine seltsame und interessante Abart sein, die bisher noch nicht katalogisiert worden ist. Da ich dieselbe entdeckt habe, halte ich mich auch für berechtigt, mir den Ruhm dieser Entdeckung für alle Zeiten dadurch zu sichern, dass ich dem neuen Geschöpf meinen Namen beilege. Ich habe es ›Kaengurum Adamiensis‹ getauft.

— *DREI MONATE SPÄTER* —

Es muss ein ganz junges Exemplar gewesen sein, als Eva es in dem Tannengehölz fing, denn es ist seitdem beständig gewachsen. Jetzt ist es wohl fünfmal so groß wie damals, und wenn es etwas haben will und es nicht gleich bekommt, macht es dreißig Mal mehr Lärm als früher. Zwang und Gewalt vermögen nichts dagegen auszurichten, im Gegenteil, sie machen die Sache immer nur schlimmer. Darum habe ich das Zwangssystem, mit dem ich es eine Zeitlang versuchte, wieder aufgegeben, zumal ich Eva gegenüber damit ohnehin einen besonders schwierigen Stand hatte. Sie besänftigt es immer mit Zureden und Schöntun und meistens damit, dass sie ihm alles gibt, was sie ihm zuerst rundweg abgeschlagen hat.

— *DREI MONATE SPÄTER* —

Wie ich schon bemerkt habe, war ich nicht zu Hause, als sie es brachte. Sie sagte mir, sie habe es im Wald gefunden. Es ist unbegreiflich, dass es das einzige seiner Art sein sollte, aber ich habe mich die ganze Zeit über müde und lahm gesucht, um ein zweites Exemplar zu finden, teils um es unserer Sammlung hinzuzufügen, teils als Spielgefährten für unseres. Es würde dann gewiss stiller sein und sich leichter zähmen lassen. Aber ich kann keines entdecken; auch nicht die leiseste Spur habe ich aufgefunden. Merkwürdig! Es kann doch gar nicht anders leben, als auf dem Erdboden, und wenn es sich vorwärts bewegt, müsste es doch eine Fährte hinterlassen. Ich habe wohl ein Dutzend Fallen und Schlingen gelegt, aber nichts dadurch erreicht. Alle kleinen Tiere kann ich fangen, nur dieses nicht. Sie gehen meist aus Neugierde in die Falle, nur um zu sehen, wozu die Milch eigentlich dort aufgestellt ist, glaube ich. Trinken tun sie die Milch nie, sie werfen sie höchstens um.

— *DREI MONATE SPÄTER* —

Unser adamitisches Känguru wächst noch immer fort, was höchst seltsam und beunruhigend ist. Ich habe noch nie gesehen, dass ein Känguru so lange braucht, um seine volle Größe zu erreichen. Es hat jetzt einen Pelz auf dem Kopf; gar nicht wie einen Kängurupelz, sondern viel eher wie unser eigenes Haar, nur dass es sich feiner und weicher anfühlt, und statt schwarz rot ist. Wenn das noch lange so fort geht, verliere ich nächstens den Verstand über die tollen und unberechenbaren Sprünge in der Entwicklung dieses unklassifizierten zoologischen Naturspiels. Könnte ich nur ein zweites fangen – doch das ist eine ganz vergebliche Hoffnung. Es ist eine neue Art, und von dieser das einzige Exemplar – soviel steht jetzt fest. Seit vorgestern ist mir auch noch der letzte Zweifel geschwunden. Ich hatte ein wirkliches Känguru gefangen und mit nach Hause gebracht, in dem Gedanken, dass das unserige in seiner Einsamkeit froh sein würde, einem ihm wenigstens einigermaßen verwandten Tier zu begegnen. Unter Wildfremden, die nichts von seiner Art und Weise und seinen Wünschen und Begierden verstehen, musste es doch darin, wie ich glaubte, einen kleinen Trost finden.

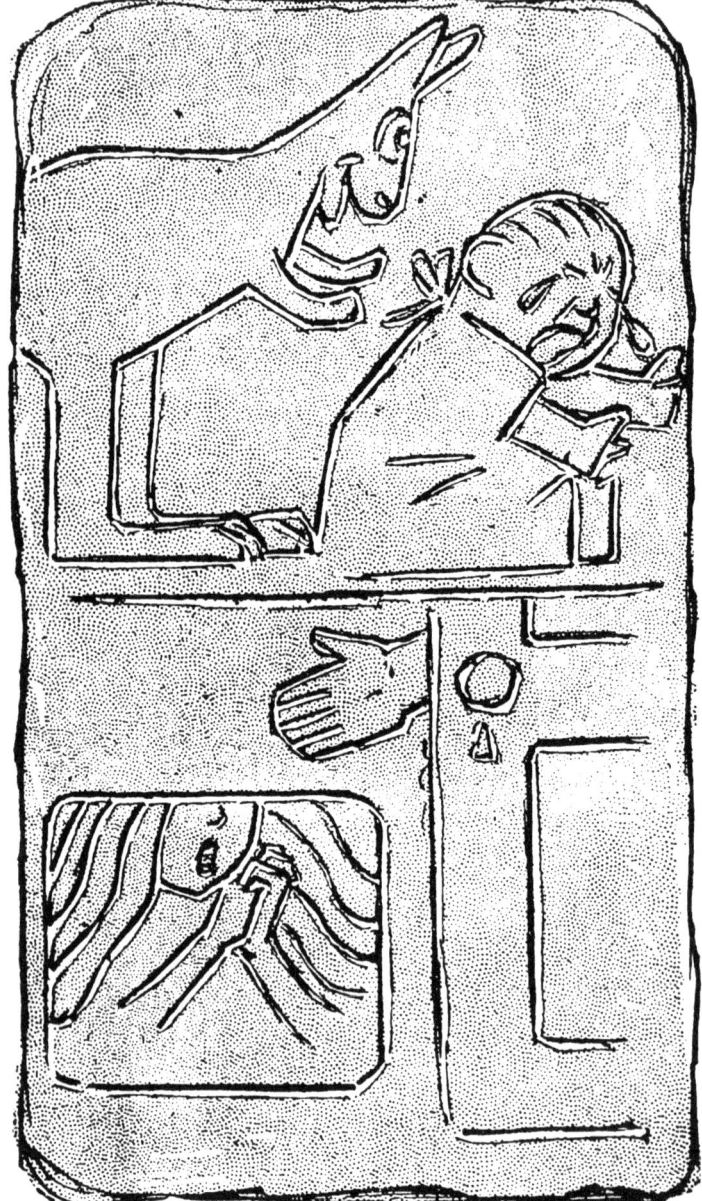

– *DREI MONATE SPÄTER* –

Aber welchen Missgriff hatte ich begangen. Es fiel bei dem bloßen Anblick des eingefangenen Kängurus in solche Krämpfe, dass ich sofort wusste, es habe noch kein derartiges Geschöpf gesehen. Mir tut das kleine Tier leid, denn es schreit bei der geringsten Gelegenheit und ich kann nichts tun, um es glücklich zu machen oder zu sorgen, dass es sich bei uns wie unter seinesgleichen fühlt – und doch möchte ich es selbst jetzt gar nicht mehr missen. Wenn ich es nur wenigstens jetzt zähmen könnte – aber auch das ist ganz außer Frage. Und je mehr ich es versuche, umso schlimmer scheine ich es zu machen. Es schneidet mir geradezu ins Herz, das kleine Ding bei seinen Anfällen von Kummer und stürmischer Leidenschaft zu sehen. Eigentlich wünschte ich, wir wären es wieder los; doch wage ich gar nicht, diesen Wunsch auszusprechen. Denn erstens ist es mir doch nicht ganz ernst damit und zweitens würde Eva von einem solchen Vorschlag kein Wort hören wollen. Das scheint sehr grausam und selbstsüchtig von ihr – aber vielleicht hat sie doch Recht. Es würde dann am Ende noch einsamer sein als vorher. Ist es mir nicht gelungen, ein zweites Exemplar seiner Gattung zu finden, so müsste es selber gewiss auch vergebens danach suchen.

— FÜNF MONATE SPÄTER —

Es ist kein Känguru! Nein, es kann sich seit wenigen Tagen selbst auf den Hinterbeinen aufrecht erhalten, wenn es sich gleichzeitig mit einer seiner Vorderpfoten an Evas hingestrecktem Finger festhält. Über ein paar Schritte kommt es dabei freilich noch nicht hinaus, sondern fällt dabei jedes Mal bald wieder auf alle Viere zurück. Aber das genügt, um uns die Gewissheit zu verschaffen, dass es kein Känguru ist. Viel wahrscheinlicher, dass es eine Art Bär ist. Nur hat es keinen Schwanz und – wenigstens bis jetzt – kein haariges Fell, außer auf dem Kopf. Übrigens sind die Bären gefährlich – ich weiß das von jener Vernichtungsschlacht her. Ich werde diesem hier, so gerne ich ihn auch manchmal habe, nicht mehr lange erlauben, sich ohne Maulkorb herumzutreiben. Neulich habe ich wieder einen Versuch gemacht, Eva ein richtiges, ausgewachsenes Känguru zu versprechen, für welches sie dann dieses laufen lassen könnte. Aber alles, was ich damit erreichte, war, dass es aus den Löchern in ihrem Gesicht förmlich wie Feuer sprühte und sie seitdem den kleinen Bären noch weniger als je von der Hand lässt. Ich fürchte, sie wird uns durch ihre Torheit in neue Gefahr bringen. Seit sie den Verstand verloren hat, ist sie wie umgewandelt.

— VIERZEHN TAGE SPÄTER —

Ich habe seinen Mund untersucht. Noch ist es unschädlich; es hat erst einen Zahn. Auch einen Schwanz hat es noch immer nicht. Aber dafür macht es mehr Lärm als je zuvor. Und hauptsächlich in der Nacht. In den beiden letzten Nächten war es so arg, dass ich ausgezogen bin. Aber morgen gehe ich zum Frühstück hinüber, und dann sehe ich nach, ob es noch mehr Zähne bekommen hat. Wenn es erst einmal den ganzen Mund voll Zähne hat, wird es die höchste Zeit sein, Maßregeln zu ergreifen – Schwanz oder nicht Schwanz – denn ein Bär braucht keinen Schwanz, um gefährlich zu sein.

– *VIER MONATE SPÄTER* –

Ich bin wieder auf einem längeren Jagd- und Fischausflug fort gewesen. Etwa einen Monat lang. In der Zwischenzeit hat der Bär gelernt, sich ohne Hilfe und auf den Hinterbeinen allein fort zu helfen und etwas, das wie ›Poppa‹ und ›Momma‹ klang, zu sagen. Es ist sicherlich eine ganz neue Art. Diese Töne, die sich ganz wie Worte anhören, mögen etwas rein zufälliges sein und an sich gar nichts zu bedeuten haben. Aber selbst dann ist die Sache noch immer merkwürdig genug, und jedenfalls etwas, was kein anderer Bär kann. Diese Ähnlichkeit mit menschlicher Rede, dazu das Fehlen des Pelzes und der vollständige Mangel eines Schwanzes beweisen zur Genüge, dass es nicht nur ein besonderer, sondern eine ganz neue Art Bär ist.

— *VIER MONATE SPÄTER* —

Inzwischen beabsichtige ich, seinetwegen auf eine neue Forschungsexpedition auszugehen und die großen Wälder weiter im Norden nach einem zweiten Exemplar zu durchsuchen.

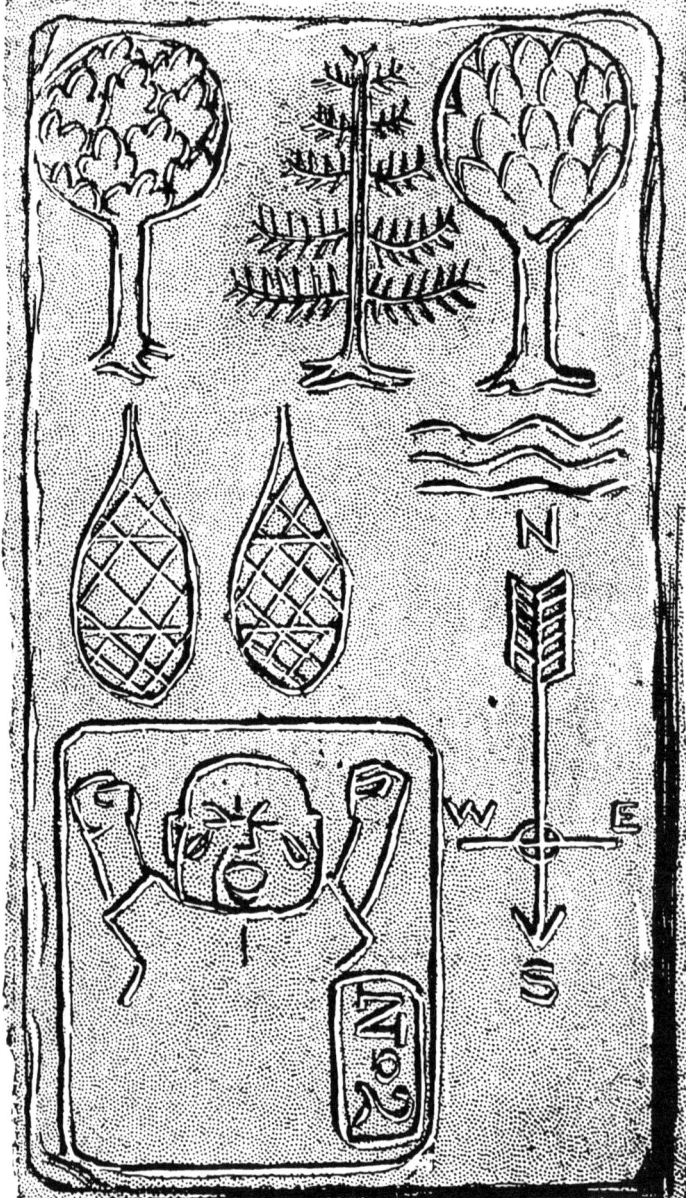

– *DREI MONATE SPÄTER* –

Es war ein langer und langweiliger Jagdausflug, von dem ich da eben zurückgekehrt bin. Aber es war ganz und gar erfolglos. Was hat sie aber in der Zwischenzeit getan? Ohne sich vom Platz zu rühren und sich im mindesten anzustrengen, hat sie unterdessen gerade auf dem neuen Grundstück ein zweites Exemplar eingefangen! Hat man je von solchem Glück gehört?

— *TAGS DARAUF* —

Ich habe das neue Geschöpf genau mit dem alten verglichen, und es ist gar kein Zweifel, dass sie vom gleichen Schlage sind. Ich äußerte den Wunsch, eines von ihnen für meine Sammlung auszustopfen. Aber sie ist gegen das Ausstopfen im Allgemeinen eingenommen, und in diesem Falle wollte sie erst recht nichts davon wissen. So habe ich denn die Absicht wieder aufgeben müssen, obgleich ich denke, dass ich unter allen Umständen darauf hätte bestehen sollen. Man denke sich, dass sie plötzlich wieder abhanden kämen und stelle sich den Verlust für die Wissenschaft vor, wenn nichts von ihnen zurückbliebe!

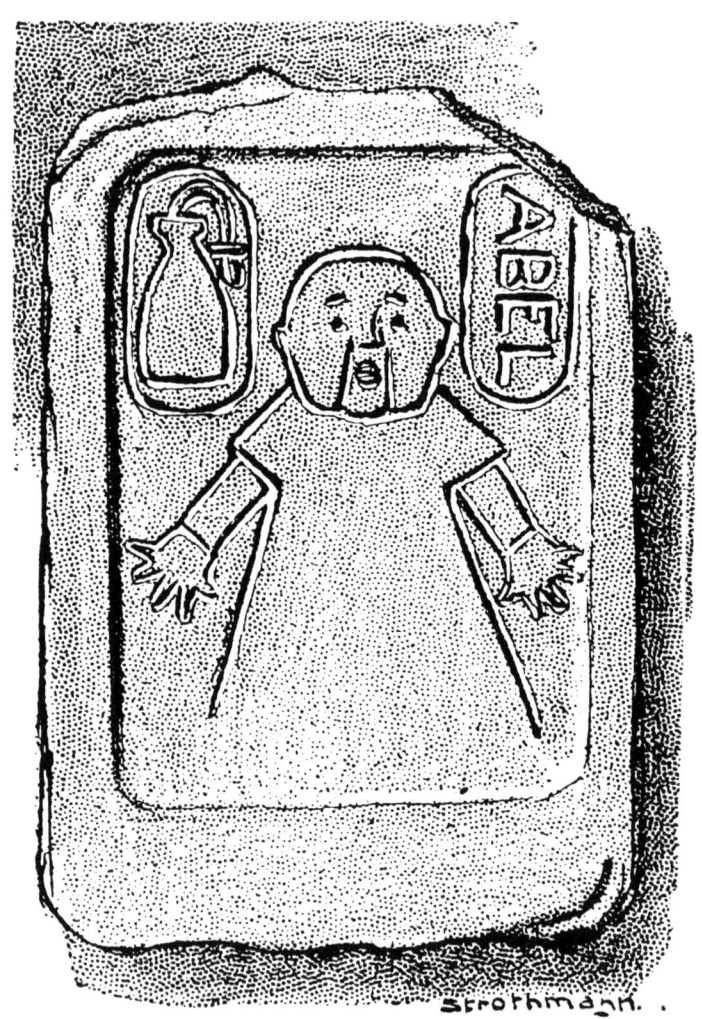

— TAGS DARAUF —

Das ältere von beiden ist auch das weitaus zahmere. Es kann sogar plappern und lachen, wie ein Papagei. Und da auch Papageien so viel um uns herum sind, bin ich überzeugt, dass es das alles, und die Gabe der Nachahmung überhaupt, von ihnen gelernt hat. Na, wer weiß – vielleicht kommt es zuletzt noch heraus, dass es selbst eine Art Papagei ist. Ich würde mich gar nicht darüber wundern, wenn ich bedenke, was es alles schon gewesen ist seit jenen ersten Tagen, als ich es für einen Fisch hielt. Das neue ist grade so hässlich, wie das andere zuerst war; es hat gelblich-rote Fleischfarbe und auf dem Kopf nur hier und da einen ganz leisen Ansatz von Pelz. Sie hat ihm auch schon einen Namen gegeben – Abel nennt sie es.

– ZEHN JAHRE SPÄTER –

Es sind Jungens! Wir wissen das jetzt schon seit geraumer Zeit. Nur ihre anfängliche Winzigkeit und Gestaltlosigkeit hat uns so lange irre geführt. Wir hatten es noch nicht erlebt, daher unsere lange Ungewissheit. Jetzt haben wir uns bereits daran gewöhnt – auch ein paar Mädel sind schon angekommen.

Abel ist ein guter Junge. Aber wenn Kain ein Bär geblieben wäre, so würde das besser für ihn gewesen sein. Was mich anbelangt, so sehe ich nach allen diesen Jahren ein, dass ich Eva am Anfang Unrecht getan habe. Es ist besser, außerhalb des Gartens mit ihr zu leben, als im Garten ohne sie. Ich meinte zuerst, sie spräche zuviel. Aber jetzt würde es mich aufs Tiefste betrüben, wenn diese Stimme verstummen und ich sie mein Lebtag nicht mehr hören sollte. Gesegnet sei der Apfelbiss, der uns zuerst einander so nahe gebracht hat, dass ich ihre Holdseligkeit und die Güte ihres Herzens erkennen konnte!

Epilog-Taschenbücher und eBooks:

5.001 • Henry F. Urban: Die Entdeckung Berlins
5.002 • Arthur Conan Doyle: Im Giftstrom – Das Ende der Welt
5.003 • Edgar Alan Poe: Der Untergang des Hauses Usher
5.004 • Kurd Laßwitz: Homchen – Ein Tiermärchen aus der oberen Kreide
5.005 • Sindbad, der Seefahrer – Erzählungen aus 1001 Nacht
5.006 • Hans Dominik: Die Macht der Drei
5.007 • Mark Twain: Adams Tagebuch
5.008 • Edgar Allan Poe: Das Geheimnis der Marie Rogêt

Weitere Bände in Vorbereitung